神無月《かんなづき》の恵比須《えびす》

松山 円舟
MATSUYAMA Enshu

文芸社

神無月の恵比須

目次

神無月の恵比須

朝の白砂神社

一番鶏が鳴く卯《う》の刻《こく》、恵比須はいつものように目覚め、ウイジニ神様、スイジニ女神様のお社である、白砂神社の境内を歩きます。

ずっと昔、葦舟に乗った恵比須は、この白砂神社に流れ着き、ウイジニ神様、スイジニ女神様にお会いして、ここで暮らすようになったのです。

都から少し南に離れた林の中、ブナやケヤキ、赤松に囲まれた境内には、大小の社殿がひっそりと、立ち並んでいます。

卯の刻過ぎ、恵比須は本殿に入り、この神社で暮らしている仲間と一緒に、スイジニ女神様のお声を待ちます。

スイジニ女神様の、「みんなおいで、朝餉ができたよ、みんなみんなおいで」というお声を聞くと、恵比須をはじめ皆、幸福な気持ちになるのです。

朝餉をいただいて一休みすると、恵比須は葦舟に乗り、恵比須神社に向かいます。

スイジニ女神様は、お弁当を二つ用意してくれ、「困ったら、みんな連れておいで」と手を振られます。

恵比須も手を振り、葦舟に乗り込みます。


白砂神社から飛び立ち、北へと進むと、すでに紅葉が始まった始祖山を過ぎていきます。

始祖山にはアメノミナカヌシ神様をはじめ、古い神々が住まわれています。

恵比須はまだお会いしたことがありませんが、ウイジニ神様、スイジニ女神様が、時々お会いしているとのことです。

始祖山の北側の麓には、弁財天様の御堂があり、その辺りから、都大路が真っ直ぐ北に延びて、普賢山《ふげんさん》の南の麓に行き着きます。

恵比須神社は都大路の北のはずれ、つまり普賢山の南の麓にあるのです。

恵比須は始祖山に一礼をすると、人々には見えないのですが、都大路の真上を葦舟に乗って、初秋の空を真っ直ぐに翔《か》けてゆきます。

恵比須神社に到着すると、葦舟より降りて、まず隣にある大黒寺の大黒さんを訪ねます。

大黒さんは、天竺《てんじく》のお生まれなのですが、故あってこの豊稲穂《とよいなほ》之国に、住まわれているのです。

いつものごとく、スイジニ女神様のお弁当をとどけると、大黒は、とてもうれしそうな笑顔をされ、「ありがとう、ありがとう、俺、このお弁当が大好きなのだ」と毎日言うのです。

恵比須は、「ところで、煙はどんな様子だい」と大黒さんに聞きます。

というのは、この豊稲穂之国には、竈《かまど》が家々にあり、竈の神が必ず祀られており、すべての土地には、土地之神が守っているのです。

そして、何か異変のあるときには、竈神や土地神は、白煙とは違う紫色や黄色の煙を、始祖山や、普賢山の東の麓に鎮座します、普賢菩薩様に送ってくるのですが、同じ普賢山の南の麓にある、恵比須神社や大黒寺にも、異変を知らせる煙が、降りてくるのです。

紫や黄色という、色つきの煙がきますと、恵比須は葦舟に乗り、大黒は大袋に乗って、異変を知らせてきた竈神や、土地神のもとへ駆けつけます。

そして体の不自由な子供や、余りに年老いて、動けない老人がいれば、恵比須は彼らを葦舟に乗せて、白砂神社まで送り、ウイジニ神様、スイジニ女神様のところに、お届けするのです。

スイジニ女神様が、恵比須を送り出す時、いつも気にかけていることなのです。

または、余りに貧しい家があれば、大黒は食べ物や着物を運び、人々のお助けをしているのです。

このような所以《ゆえん》で、恵比須や大黒は、豊稲穂之国の北の果てである、万雪山《ばんせつざん》の山々から、南の果てにある渚の離宮まで、たびたび飛んでは竈の神、土地の神と話をしながら、人々を助けているのです。

大黒は「煙のほうは今のところ、何も心配することはないから、安心していいよ」と答えます。

恵比須は「じゃあ、今日は長月の二十九日だから、俺は多聞砦に、行って来るよ」と言います。

恵比須は弁当を袂に入れ、葦舟を小袋にたたみ込み、てくてくと歩いて、神社をあとにします。

多聞砦の防人

普賢山の東には、都から万雪山に向かう街道があり。都に来る人や、北へ向かう人々で大賑わいです。

普賢山の東の斜面には、とてつもない大きな岩に彫られた普賢菩薩が、六牙《ろくげ》の白象《びゃくぞう》の上に、結跏趺坐《けっかふざ》されています。

ここを通る人々は、普賢菩薩様を見ると皆、安らかな気持ちになります。

この普賢山の北側には、安寧湖《あんねいこ》という大きな湖が広がっており、安寧川が南に曲がって流れています。

曲がり角の道端には、御堂から微笑む、お地蔵様がいらっしゃって、旅人は立ち止まり拝んでいきます。

安寧川にかかる大きな橋を渡って、半里ほど歩きますと、安寧湖の北に多聞山《たもんざん》が見えてきます。

ここで道は二つに分かれ、そのまま北へ進むと万雪街道、北東に進めば大平原街道です。

このような大切な場所にあるので、多聞山には都を守る砦が昔から築かれてきました。

恵比須は街道から外れて、多聞砦への坂道をたどり始めます。

多聞砦には、防人《さきもり》として長く国の周辺を守ってきた人々が、第一線の任務をはなれ、交代で警護にあたっています。

彼らは安寧湖の周りに住み、砦の警護をしたり、安寧湖や都の見回りをしたり、余裕のあるときは、畑を耕して暮らしています。

月に何回か訪ねてくる恵比須は、防人の大先輩と思われているらしく、防人達は皆、軽く会釈をして迎えます。

砦の上にたどり着くと、弩《いしゆみ》や投石機の手入れをし、大弓の訓練をする多くの防人達で、頼もしい限りです。

砦の中ほどには大きな毘沙門《びしゃもん》堂があり、二丈ほどもある毘沙門天が祀られています。

恵比須は顔見知りの防人達に、「何か変わったことは、ないかね」と声をかけます。

すると一人の防人が「万雪山を見回る防人から、ちかごろ夜に怪しい鳥が飛んでいる、という知らせが届いた」という話を始めました。

万雪山の麓にある番屋から、それほど離れていない山の中で、防人達は多くの鳥の、鳴き声らしきものを聞きつけました。

初めは鳶や鷹が、獲物でも見つけて集まっている、と思ったのですが、よく見るとそれは、普通の鳥ではないようなのです。

日増しに、その怪しい鳥の数が増えて、近づく防人達を、威嚇し攻撃するような仕草を始めました。

不思議に思った防人達が、試しに石礫《いしつぶて》を投げたのですが、その怪しい鳥は気味の悪い、嘲《あざけ》るような鳴き声を発して、防人達に向かって襲いかかりました。

そこで、腕に覚えのある防人が、その怪しい鳥をめがけて、二回三回と矢を放ち、確かに当たったと思ったのですが、怪しい鳥は何事もなかったように、飛び続けたというのです。

恵比須はこの話を聞いて、少し胸騒ぎがしました。

というのは防人達の弓の腕前は、尋常なものではなく、殆ど例外なく命中するのです、しかも三回も当てたというのに、飛び続けるとは、明らかに魔物のような、気がしてならないのです。

おそらく防人の武器が、通用しない魔物なのでしょう。

この話を聞き終えたころは、もうお正午です。

恵比須は別れの挨拶をすると、昼餉を取り始めた防人達に、気づかれないように、毘沙門堂の裏手に回り込みます。

そして背負っている小袋から、葦舟を取り出して、乗ろうとします。

その時、恵比須は毘沙門天の両目が、キラリ、と光ったように思われました。

おやっと思いましたが、とりあえず大黒寺へ飛び帰り、大黒さんと話さなければと思い、あまり気にも留めず、飛び去ったのです。

大黒寺に着くと、恵比須はさっそく防人達から聞いた話を、大黒に話しました。

大黒もそんな怪しい鳥は、あまり見たことも聞いたことない、と考え込むばかりです。

しばらくして、「万雪山のどこかに大平原の魔人が、封じ込められているという話を昔、聞いたことがあるが、もしかして、それと何か関係があるのだろうか」と言い出しました。

恵比須も「だとしたら、怪しい鳥などという、生易しいものではなく、由々《ゆゆ》しき出来事の、前触れではないのか」と返事をしました。

恵比須はこんな時には、ウイジニ神様、スイジニ女神様のお知恵をかりたほうが良いと考え、いつもよりは少し早い時間に、白砂神社に飛び帰ろうとします。

「大黒さん、煙の見張りをくれぐれも頼みます」と言い残して、恵比須は葦舟に乗り込みました。

朝来たと同じ都大路の中空を、今度は南に向かいます。

見渡すと、都大路には大小の市が立ち並び、異国の品物も店に並んでいて、大変な賑わいです。

特に弁才天様の御堂のある付近には、大道芸も行われ、見物に集まった人々でごった返しています。

万雪山の封印

白砂神社の本殿に到着すると、恵比須は早速、ウイジニ神様、スイジニ女神様にお目にかかり、多聞砦の防人達の話や、大黒の話を伝えました。

するとウイジニ神様は「今日は長月の二十九日か、万雪山の封印が解かれるのは神無月だな」と仰せになり、ふいにアメノミナカヌシ神様のところへ、向かわれました。

恵比須はスイジニ女神様に「お母様、万雪山の魔人とか封印とは、どういうことなのでしょうか」と話しかけます。

スイジニ女神様は、

「それはね、今から五〇〇〇神年も前に、大平原から魔人が入り、この豊稲穂之国で大暴れして、国に巣食う悪霊や悪天狗達も加勢して、大変なことになったのです。そこで古い神様達が大いに戦い、最後にはアメノミナカヌシ神様と、天竺の普賢菩薩様が力を合わせ、魔人や悪霊を調伏して、万雪山の奥に封印したのですよ。そしてこの時より、普賢菩薩様のお姿が、普賢山に鎮座されるようになったのです」と話されます。

そして大平原の魔人が、どんなに恐ろしい顔つきをしていて、どんなに暴れまわったかを、恵比須に細かく話されます。

すると、早くもアメノミナカヌシ神様のところから、帰られたウイジニ神様が、「そしてその封印が、五〇〇神年経つと自然に消えるのじゃが、あと数日で神無月、今年の神無月がその時に当たるのだ」と付け加えられます。

さらに、「実は今年の初めには、アメノミナカヌシ神様が、今年の神無月の神様のあつまりは中止して、始祖山で見守りましょう、と宣言されていたのじゃ」と大事な話もされます。

恵比須もこれは一大事、と考えているうちに、ウイジニ神様は恵比須に向かい「明日の夜からは、恵比須神社に留まり、竈神や土地神からの煙を待つのじゃ。数日のうちには、何かが起こるはずじゃ」とおっしゃいます。

恵比須は「かしこまりました」と答えましたが、しばらくはウイジジニ神様、スイジニ女神様と暮らせないと思うと、少し寂しい気持ちになるのです。

秋の夕暮れがせまる白砂神社で、恵比須がしょんぼりしていると、スイジニ女神様が「明日からは私が恵比須神社に、食べ物を届けるから。大丈夫だよ」とおっしゃいます。

これを聞いた恵比須は、ほっとひと安心です。

スイジニ女神様の「さあ、皆、夕餉を食べようね」と白砂神社に住んでいる体の不自由な人々に声をかけます。

皆、恵比須の葦舟に乗って、白砂神社に運ばれ、ウイジニ神、スイジニ女神様にお世話をいただいている仲間です。

恵比須はかみ締めるように夕餉をいただき、明日に備えて早々と床に入りました。

そして、明日はまず始祖山の竈神を訪ねよう、と考え眠りにつきました。

始祖山の竈神

翌日の卯の刻、恵比須は目覚めるとすぐに、白砂神社の少し西に住んでいる竈神を訪ねます。

始祖山の西の麓に、豊稲穂之国で初めて作られた古い竈があり、そこに一番古い竈神がいるのです。

始祖山の麓は、ブナや楢《なら》の雑木林が、あちらこちらにあり、秋のこととて団栗や栗が、たくさん枯葉の上に落ちています。

恵比須はその上を、さくさくと歩いていきます。

一番古い竈は、一番古い茅葺《かやぶき》の家にあり、たくさんの柿の木には赤々と実がなっています。恵比須は背戸をぬけ、竈神に「お早うさま」と声をかけます。

古竈の横には、薪がうずたかくつまれて、煙突からは白煙が、屋根を巻くように立ち上っています。

竈神は「朝から、ここへ来るのは、久しぶりじゃないかね」と答えます。

恵比須は「もう御存知かと思うのだが、万雪山に閉じ込められた魔人の封印が、解けるそうですね」と質問します。

竈神は、「然り、その昔、かの魔人が暴れたころは、この豊稲穂之国に、人間はまだ数えるほどしかおらず、竈も数えるぐらいしかなかったのだが、今は、万雪山の麓から、渚の離宮まで多くの竈が、人々の暮らしを助けているので、今度は如何《いか》に人々を守ろうか、と思案しているところなのさ」と答えます。

この始祖山の竈神は、国中の竈神と煙によって、連絡をとっているので、恵比須や大黒と同じように、異変をいち早く知ることができるのです。

恵比須は白砂神社にいる時には、この始祖山の竈神をたびたび訪ねては、ともに煙を見守っています。

またそれ以上に、恵比須はこの古い茅葺の家と、古い竈を見るのが楽しみで、ついついここを訪ねては、竈神と四方山話《よもやまばなし》をします。

恵比須は、ウイジニ神様からの命により、暫くは恵比須神社に留まることを告げ、お互い煙で連絡を取り合おう、と約束し急ぎ白砂神社に戻ります。


はや辰《たつ》の刻とて、皆、スイジニ女神様の朝餉を食べており、恵比須も急いで食べ始めます。

恵比須は「それじゃ、出かけます」とスイジニ女神様に声をかけます。

スイジニ女神様は「じゃあ、今日からはご飯を届けるからね、大黒さんの分もね。必ず神社の竈に火をつけるのだよ」と手を振ります。

葦舟に乗って飛び立ちますが、ふと始祖山の頂上に、何か白い霞か雲のようなものが、立っていることに気づきました。

朝日のさす都大路の上には、澄みきった空が広がり、魔人の封印のことなど、まるで関係ないかのような穏やかさです。

都のそこここにある雑木林や、家々の植木もみな紅葉しており、恵比須は気持ちよく紅葉の敷物の上を、恵比須神社まで飛びました。

恵比須神社の厨にて

恵比須は葦舟から降りると、大黒が、既に恵比須神社で待っています。

恵比須神社の裏には小さな厨《くりや》があり、そこに小さな竈があるので、恵比須は大黒をいざなってその前に座り、竈に薪をくべ始めます。

恵比須は、ウイジニ神様、スイジニ女神様、始祖山の竈神から聞いた、万雪山に封印された、大平原の魔人の経緯を、大黒に話します。

大黒は、「問題は魔人が、万雪山のどこに封印されていて、いつ封印が解かれるのか、万雪山の麓の里の人々を、どう守るかだね」と話します。

恵比須は、「おそらくは、アメノミナカヌシ神様は、既に普賢菩薩様とどうするか、一緒に考えられていると思うよ」と答えます。

大黒は、「そうだね、だけど今日は、スイジニ女神様のお弁当はないのだね」と残念がるので、恵比須は「しばらくは、ここに届けてくれるそうだよ」と慰めます。

その後は二人とも厨から出て、普賢山から降りてくる煙の連絡を、共に見守っていましたが、特に変わった色の煙の、連絡はありません。

お昼近くになり、お腹がすいてきたので、厨の竈の前に戻ります。

すると竈の中から声が聞こえます、「みんな、みんな、昼餉ができたから、こちらに来て、お食べ、お食べ」と。

この声は、白砂神社のスイジニ女神様の、いつもの声です。

恵比須はあたかも、白砂神社にいるかのような気持ちになります。すると、昼餉が恵比須と大黒の前に、用意されているではありませんか、二人はとても不思議に思いながら、愉快な気持ちになり、昼餉をいただきました。

一休みすると、竈から文字のような煙が流れてきます、文字は「多聞砦より北の竈神は神無月の、三日月が現れるころ、金色の煙を、普賢菩薩様に送ること、始祖山の竈神より」と書かれています。

恵比須は始祖山の竈神に、煙の文字を送ります。

「土地之神様は、何もしなくていいのでしょうか、恵比須より」

すると始祖山の竈の神より、

「竈神の近くにいる、土地之神様のことも、普賢菩薩様は、考えておられるから大丈夫、始祖山の竈神より」

恵比須は「了解しました、恵比須より」と返事をしました。

大黒は「神無月の宵から、何かが始まるのだね」とつぶやくので、恵比須は「竈や土地之神から送られて来る金色の煙で、何が起こるか楽しみだね」と答えます。

その日の夜、恵比須と大黒は交代で、普賢山から降りてくる煙の見張りをします。

そして食事の時間になると、二人は竈の前に並んで、スイジニ女神様の心尽くしの馳走を、美味しくいただきました。

普賢山にかかる三日月

翌日から二、三日は朝から静かに、刻一刻と時間が、過ぎてゆきます。

そしていよいよ神無月の三日月が、現れる夕暮れが近づいてきました。

西の空に赤々と輝く日が沈むなかで、恵比須は葦舟に、大黒は大袋に乗って、中空から普賢菩薩様のお姿を、じっと見守っています、
恵比須がふと始祖山のほうをながめますと、頂上の雲が前よりも大きくなっているように感じました。

やがて日が暮れて、三日月が現れると、普賢菩薩様が金色に、六牙の象が銀色に輝きだします。

あまりの美しさに二人は、声も立てることができません。

するとすぐ多聞山の北側から、細い糸のような多くの金色の煙が、普賢菩薩様に向かって流れてきます。

金色に輝く雲が、普賢菩薩様の金色に輝く手の平に、届いたと思いきや、小さな盾のようなものが、煙の出所を辿るように、飛んでいきます。

普賢山にかかる三日月は、それぞれの盾を、優しく讃えているようです。

恵比須と大黒は、それぞれの盾が、竈神や土地神に届けられたのだと思い、ほっとしました。

二人は三日月が消えてゆくまで、この素晴らしい金色の煙と、普賢菩薩様から放たれる、無数の盾を見守り、恵比須神社の竈の前へ戻ります。

恵比須は、さっそく始祖山の竈神へ煙を送って、「普賢菩薩様から送られた、小さな盾のようなものは、何なのでしょうか、恵比須より」と聞きます。

始祖山の竈神よりすぐに返事があり、

「これは如意盾《にょいたて》と呼ばれる、菩薩様の法力の一つで、魔物が放つ、いかなる剣や弓矢からも、人々を守る道具で、多聞山より北側のすべての竈神、土地神にこのたびは、与えられている、始祖山の竈神より」

大黒は「竈神や土地神は、武器を扱うことはないのだが、この如意盾はおそらくひとりでに動いて、近くにいる人々を、守ってくださるのだろう」。

恵比須も「今夜は枕を高くして寝よう、また煙を見守りましょう」と答え、満天の星空のもと、かわるがわる煙の番をします。

それからまた三日の間は、嘘のように何事もなく過ぎました。

四日目の夜がおとずれ、上限の月が普賢山の上に昇ります。

恵比須は夕餉をいただいた後、ふと普賢山のほうを見ますと、赤い煙が幾筋も降りてきています。

大黒も気づいて、駆けつけてきます。

恵比須と大黒は手分けをして、できるだけ、赤い煙を送ってきた竈神や土地神を、訪ねようということになりました。

万雪山の怪

恵比須は大急ぎで葦舟に乗り、赤い煙を辿り始めます。

案の定、赤い煙は、万雪山のほうから流れています。

普賢山を見ると、普賢菩薩様はますます金色に輝き、六牙の象が銀色に輝いています。

やがて、多聞砦の上を飛び越しますが、二筋の光線が動いています。

恵比須は多聞砦で、毘沙門天の目が、キラリと光ったことを思い出し、毘沙門天も魔人にたいして、動き出したのだと思います。

既に寝静まった村々を過ぎて、万雪山の麓まで近づき、赤い煙を送ってくる竈のある家の裏庭に、葦船を止めて降り立ちます。

恵比須は竈神に、「どうかしたのかね」と聞きます。

竈神は、「昨日の夜あたりから、何かが万雪山の方へ、飛んでいくような気がしたのだが、今夜はっきりと見たのだ、天狗だよ、天狗に違いない」。

恵比須はさもありなんと思い、四方の空を眺めました。

空には上弦の月が、輝いているばかりです。

しばらく眺めていますと、万雪山の彼方に何かが、飛んでいるのが見えます。

恵比須は、これは多聞砦の防人から聞いた、怪しい鳥のようなものよりも、もっと大きな魔物に違いない、と考えます。

それから、また空を眺め続けましたが、何も起こりません。

そこで恵比須は竈神に、「普賢菩薩様からお預かりしている、盾を見せてください」と頼みます。

竈神が、懐から如意盾をとりだして、見せようとすると、如意盾は月の光を反射してキラリと輝きます。

すると突然、如意盾が動き出し、恵比須と竈神を守るかのように、空に向かい大きく伸びたのです。

恵比須が、おもわず如意盾を、見上げたときです、大天狗が半月を背にして、万雪山の方へ飛んでいくのです。

手に持った大団扇にまたがり、高慢な顔つきの大天狗が、不敵な笑みを浮かべているではありませんか。

竈神も「あれだ、あれだ、私が見たのもあの天狗なのだ」と叫びます。

恵比須は、おそらく五〇〇神年のあいだ、封印されていたのか、人知れず潜んでいた大天狗達が、動きだしたのだと考えます。

天狗が飛び去ると、如意盾は自然にまた小さくなり、竈神の懐に納まります。

しばらくは恵比須も竈神も、大天狗と如意盾の動きに、呆然としていました。

恵比須はわれに返ると、「竈神さん、私は他の赤い煙も、すぐに辿ることにします。おそらく、大天狗だけじゃなくて、魔人も動きだすとおもうが、この家の人々を守ってくださいね」と言い残して飛び立ちます。

それから、万雪山の麓近くの家々に祀られている竈神を、何人か訪ねましたが、皆口を揃えて「天狗が、万雪山の方に、飛んでゆくのを見たので、赤い煙を送った」ということでした。

恵比須は、すぐにでも万雪山へ、飛んでいきたい、と思いましたが、何やら恐ろしい感じがして、まずは大黒さんやウイジニ神様、スイジニ女神様と相談しようと、恵比須神社に引き返しました。

始祖山の虫の祠

しばらくして、大黒も帰ってきたので、二人は自分の見たことをお互いに話しました。

内容は殆ど同じで、竈神の多くが、万雪山に飛んでいく天狗を見たこと、自分達もそれを確認したということです。

大黒は「おそらく天狗達は、魔人の封印されている所に、集まっているのだろう、すぐにその場所を確かめたいのだが、天狗達は我々の姿を見たら、追い払うだろうから、何か良い手立てが、ないものかね」と聞いてきます。

二人が思案をしていると、厨の竈の中からスイジニ女神様が、「恵比須も大黒さんも大丈夫かい」という声が聞こえてきます。

恵比須は、やはりお母様は優しいかたで、いつでも皆のことを、気にかけてくださっているのだなと、うれしさがこみ上げてきます。

恵比須は竈神の赤い煙や、万雪山へ飛んでいく天狗達のこと、そして「封印された魔人の居場所を、天狗達から見つからないように、探し当てたいのですが」と、スイジニ女神様に話します。

スイジニ女神様は、「それならば、始祖山の虫の祠《ほこら》を、明日訪ねてごらん。昔、魔人と戦ったバッタとカマキリの兜《かぶと》が、置いてあるから、それを被れば面白いことが起きるよ」と教えてくれます。

恵比須は「お母様ありがとうございます。虫の祠は始祖山のどこに、あるのでしょうか」と聞きます。

スイジニ女神様は「あなたがときどき訪ねている、竈神様の家の少し南に、竹薮があるだろう、あの中に虫の祠が、あるのだよ」と答えます。

恵比須は「ありがとうございます」と言い、夜が明けるのを、今や遅しと待ちます。

夜が明けるのももどかしく、恵比須は葦舟に飛び乗って、始祖山の虫の祠を目指します。

スイジニ女神様が言われたとおりに、始祖山の竈神のいる屋敷の南には、竹薮が広がっていて、細い路が虫の祠に続いているようです。

恵比須は祠に着くと、すぐに扉を開け、二つの古い兜が置かれているのを見つけます。よく見ると右側の兜の上には、バッタの形の飾り物、左の兜の上には、カマキリの形の飾り物がついています。

恵比須は一礼をして、二つの兜を両脇に抱え、すぐに恵比須神社に飛び帰ります。

恵比須神社では、大黒が待っていて、恵比須に「これが、スイジニ女神様の言うバッタと、カマキリの兜だね」と聞いてきます。

恵比須がうなずくと、大黒はすぐに兜を手に取り、「昔はバッタもカマキリも、ずいぶん大きな虫だったのだね。ではまず私が、カマキリの兜を被るから、何が起こるか見ていてくださいよ」と提案します。

恵比須も、「ではお願いしますよ」と。

大黒が、カマキリの兜を頭に被った瞬間に、大黒の姿は消えて、少し大きなカマキリが現れました。

恵比須は「すごい、すごい、これなら誰も大黒さんが、ここにいるとは思わないだろうね」と小さく拍手します。

大黒も「自分では、何も変わらないのだけど、カマキリに見えるのだね」と感心します。

恵比須は「じゃあ、兜を脱いでください」と言ったその瞬間、大黒が兜を持った姿で立ち現れます。

この後、恵比須も同じように、バッタの兜を手に取り、兜を被るとバッタの姿になり、兜を脱ぐと、元の姿になることを確認しました。

恵比須と大黒は、すぐにでも万雪山に飛んでいきたいと、思いましたが、万雪山の山々は、非常に広い場所なので、まず始祖山の竈神と、煙で話そうということになりました。

恵比須が竈の前にすわり、

「万雪山の魔人が、封印されている場所に行きたいのだが、何かいい手はないかね、恵比須より」

始祖山の竈神は、

「今朝、貴方が虫の祠に来たようだから、事情を察して、万雪山の麓のすべての竈神と、近くにいる土地神に、少しでも異変に気がついたら、紫の煙を送るように伝えたよ、今日、明日には返事が来ると思うよ、始祖山の竈神より」

「それから、万雪山の一番近くにある緑屋根の番屋から、少し西の岩屋に住んでいる、私の兄弟の竈神を訪ねたら役にたつよ、始祖山の竈神より」

二人は有難い有難い、とつぶやき、普賢山から降りてくる煙を、注意深く見守ります。

お昼になり、いつものようにスイジニ女神様の、ご馳走をいただいて、少しぼんやりと休んでいました。

その時です、紫の煙が一筋、普賢山より降りてきました。

恵比須と大黒は、すわやと思い、それぞれバッタとカマキリの兜を被り、葦舟と大袋に乗り、紫の煙を辿り、万雪山に飛んでいきます。

恵比須と大黒は、始祖山の方をちらりと眺めましたが、頂上から立ち昇っている雲が、さらに大きくなっているのに驚きました。

万雪山の荒寺

バッタ姿の恵比須と、カマキリ姿の大黒は、多聞砦を越えて、稲の刈り取りが終わった田や、刈り取った稲を干してあるハズの上を、万雪山へ向かって飛んでいきます。

万雪山の麓より、山を五つほど越えた場所より、紫の煙が流れてきます、恵比須も大黒もこのあたりへは、何回か飛んできたことがあるのだが、何も怪しいことはなかったのに、と思います。

紫の煙を送っている、土地之神へ近づき、「もしもし」とバッタ姿の恵比須が声をかけます。

土地神は、バッタが話しかけてきたので、驚いて「貴方は誰ですか」と聞いてきます。

恵比須は手短に事情を説明して、「それで何か異変があるのは、どこなのですか」と質問します。

土地神は、北の雑木林を指差し「この雑木林の中に、今まで見たこともない寺が見えたり、消えたりしているので、不思議に思って紫の煙を送ったのです」と答えます。

恵比須は「ありがとう、今から、バッタの姿をした大黒さんと寺を見張るので、何かあればご協力をお願いしますよ」と言葉を残して、大黒と二人で雑木林の中へ入りました。

しばらく行くと、何やらものものしい雰囲気が、漂っているのが感じられます。

大黒は「この雰囲気は、結界が崩れたときに、感じられるものだね」と言います。

恵比須も「神無月に入ると、封印が解かれる、というウイジニ神様の話は、魔人を封印してある結界が、崩れ始めるということなのだな」と考えます。

二人が話しているうちに、寺のような建物が雑木林の中に、見え隠れし始めました。

ここからは二人は、バッタとカマキリになりきり、話もしないように寺に近づきます。

五〇〇神年も経たために、屋根や壁が崩れて、穴だらけになった荒寺となり果てているようです。

二人は、結界の崩れたところより、そっと寺の境内に忍び込みます。

すると中から、呪文のような声が、かすかに聞こえてくるではありませんか。

二人は屋根の壊れた所から、寺の中へ入りこみました。

寺の本堂とおぼしき場所には、おそらく八〇以上の大天狗、小天狗達が集まっています。そして先頭の大天狗が、二つの人形のようなものに向かって呪文を唱えています。

バッタとカマキリは、先頭の大天狗の、真上の天井から、その人形が何かを確かめようとします。

それは、牛と馬の人形です、しかも不思議なことに、人形のつま先から腰までは、本物の動物のような皮膚であり、腰から頭までは、木材のままなのです。

二人いや二匹は、かたずをのんで見守り続けます。

しばらくすると、呪文を唱える天狗が替わり、今度は小天狗が先頭へ出て、魔人を解き放つ呪文を唱えているようです。

その時、恵比須は、人形の様子が微かですが、変わっているのに気づきました。人形の腰から少し上のところまで、本物の動物の皮膚のように、変わったのです。恵比須は大黒へ、外へ出て相談しようと、目配せをします、大黒もそれと察して、バッタとカマキリは、そっと本堂より抜け出し、万雪山の麓まで飛び越しました。

そして、始祖山の竈神の言葉にしたがい二人は、万雪山に一番近い緑屋根の番屋から、少し西にある岩屋に入ります。

岩屋の中は薄暗いのですが、竈に火がたかれていて、気持ち良い場所です。

竈の少し奥には、弥勒菩薩様に似た木像が、安置されています。

二人は兜を脱いで、岩屋の竈神に挨拶をします。

竈神は「始祖山の兄弟から、事情は聞いているから、遠慮なくここを使ってください」と二人を迎え入れます。


大黒は「天狗達は、神無月にはいって結界が崩れ始めたため、荒寺を探し当て、あの牛と馬の人形にむかって呪文を唱え始めたに違いない」。

恵比須も、「多聞砦の防人達に聞いた、怪鳥の話から察すると、天狗の姿を現す前に、既に彼らは万雪山を飛び回って、あの荒寺を探す準備をしていたのだろう」と。

大黒は「あの人形は、元々すべて木で、できていたのだろうが、呪文が唱えられると次第に動物の皮膚、いや魔人の皮膚に変わっていくのだろうね」。

恵比須も「あのぶんで進むと、あと三、四日のうちには魔人が復活するだろう」と話すうちに、スイジニ女神様が言われた、どんなに魔人が恐ろしいか、という話を思い出しました。

突然、恵比須はひらめき、「大黒さん、私は今日、明日の内に、万雪山の麓に住んでいる人々で、歩くことが難しい人を、白砂神社に運ぶから、そのあいだ、荒寺を見張っていてくれないかね」とお願いします。

大黒は「任せてくれ、しばらくはカマキリになって見張っているから。万が一の場合には、この岩屋の竈神のところに、飛び帰るから大丈夫だよ」と二つ返事をします。

少名毘古那神の到着

大黒がカマキリの兜を被り、万雪山の荒寺へ飛び去ったあと、恵比須は竈の前に座り、始祖山の竈神へ煙を送ります。「今、万雪山の岩屋の、竈神さんのところにいるのだが、この辺で歩くことが、難しい人のいる家を教えてください、恵比須より」と。

すぐに返事が来て、

「了解しました。すぐに青い煙を送るように、万雪山の麓のすべての竈神へ知らせます。ウイジニ神様が心配されて、少名毘古那《すくなびこな》神様にも、万雪山へ飛んでもらうように、頼まれたようです。ガガイモの小船に乗って、まもなくそちらに到着するでしょう、始祖山の竈神」

恵比須は「ああ心強いことだ」と思い、竈の煙を見守ります。

しばらくすると、ガガイモの小船が到着して、少名毘古那神が現れました。

少名毘古那神は「カミムスヒ神様やウイジニ神様が、恵比須さんをお助けするようにと言われましたので、よろしくお願いします」と挨拶します。

恵比須は「よく来てくれたね、この竈に青い煙が降りてきたら、それを辿って行ってください。その家の竈神に案内してもらい、歩けない人をガガイモの小船に乗せ、白砂神社まで届けてください」と説明します。

少名毘古那神も「承知しました。これまでも何度か身寄りのない子供を、白砂神社に運んだことがあるから、お任せください」と元気の良い返事を返します。

岩屋の竈神も「少名毘古那さんも、この岩屋を遠慮なく使ってくださいよ」と話しかけます。

少名毘古那は「有り難うございます」と答えます。

恵比須と少名毘古那は、竈の前で青い煙が来るのを待っては、煙を送ってきた竈神を訪ね、歩けない人々を葦舟や、ガガイモの小船に乗せて白砂神社に運びます。

白砂神社ではウイジニ神様、スイジニ女神様も、総出で出迎え、運ばれてきた人々を本殿に案内します。

スイジニ女神様は「恵比須も少名毘古那も、ご苦労様ね」と声をかけ、歩けない人々には「ここで安心して休んでね」と優しく迎え入れてくれます。

この声を聞くだけで、恵比須も少名毘古那も、とてもうれしくなり、その日から翌日にかけて、万雪山の麓に住む歩けない人々を、白砂神社に運び終わりました。

恵比須と少名毘古那は、万雪山の岩屋の竈神のところに、しばらく留まり、もう青い煙が送られてこないのを、確認しました。

始祖山の竈神からも「ありがとう、私もすべて完了したのを確認しました、始祖山の竈神より」。

すると少名毘古那が「この後、私は恵比須さん、大黒さんの代わりに普賢山の煙を見守るように、言われていますので、直ちに恵比須神社、大黒寺へ向かいます」と言います。

恵比須は「じゃあ、私の分も大黒さんの分もお願いしますよ」と答えます。

少名毘古那神は、ガガイモの小船に乗り、普賢山に向けて飛び去ります。

恵比須も、岩屋の竈神に、「どうもお世話さまね」とお礼を言いおわるや、バッタの兜を被り万雪山の荒寺へ急ぎます。

魔人の復活迫る

恵比須が万雪山中の荒寺へ着いてまず驚いたのは、結界がほぼ崩れ去り、寺の建物がはっきりと見え、入口には封魔寺と書かれています。そして寺の本堂には天狗ばかりか、青坊主や野寺坊まで集まっています。

バッタ姿の恵比須は、屋根裏に忍び込み、カマキリ姿の大黒に、そっと近づきます。大黒もすぐに恵比須に気づき、牛と馬の人形が頭の半分のところまで魔物の皮膚に変わっていることを、目で知らせます。

大天狗の呪文も、以前より大きくなったような感じがします。

恵比須はしばらく大黒とともに、天狗や人形の様子を見守った後、夕暮れが迫る荒寺を抜け出し、万雪山の岩屋まで飛びます。

二人は兜を脱ぐのももどかしく、「あと、頭半分まできたね、このままいくと明日の夜にも魔人が復活だ」と大黒が話し始めます。

恵比須も「明日の真夜中だろう」と身震いします。

二人は事の重大さに、しばらく黙り込みます。

すると、岩屋の竈神が話し始めます、「貴方達も見たように、今、多聞砦より北の竈神と土地神は、普賢菩薩様から如意盾を預かっていて、万雪山の麓に住む歩くことが、難しい人々は白砂神社に避難しているから、あまり心配することはないと思うよ」と。

恵比須は「そうかもしれないけれど、私は防人達が持っている弓矢や鉾《ほこ》、剣が天狗や魔人には効きめがないことが怖い、と思っているのだが」と述べます。

岩屋の竈神は「空を見てごらん、始祖山から立ち上る雲が、夕焼けの空に大きく広がっているだろう、あれはタケミカズチノ神が、十拳剣《とつかのつるぎ》を抜いて立ち上がったということなのだ」と。

大黒は「タケミカズチノ神が立ち上がれば、防人達は万軍の力を得たということだからね」と納得します。

岩屋の竈神は「私は始祖山の兄弟へ、恵比須さんと大黒さんが、魔人の復活は明日の夜になりそうだ、と断言していると、煙の連絡をしておくよ」と話します。

少し安心した恵比須と大黒は、バッタとカマキリの兜を被り、「竈神さん、ありがとう、我々は封魔寺へ戻って、魔人の復活を見守るよ」と万雪山へ向かいます。

二人は荒寺の近くまで飛び、その様子をじっと見つめます。

結界は完全に崩れ去り、封魔寺が月明かりの中に、くっきり浮かび上がり、呪文の声が本堂の外まで聞こえています。

二人は屋根裏に潜り込み、牛と馬の人形の様子を、静かに見守ります。

満月に現れる魔人とタケミカズチノ神

それから丸一日が経ち、満月が封魔寺の上に昇ります。

天狗達は呪文を唱え続け、恵比須と大黒は、牛と馬の人形の様子をじっと見守ります。

丑三《うしみ》つ時、二つの人形の表面が、牛と馬の皮膚に完全に変わると、人形が立ち上がり、ぐんぐん大きくなっていきます。

天狗や魔物は押されるように、本堂の外へ後ずさりしていきます。

恵比須と大黒も、本堂の外の木の上に身を置きます。

二つの人形は、本堂の天井を突き破り、やがて四丈あまりの大きさになったかと思いきや、牛の人形は牛頭に、馬の人形は馬頭に、それぞれ変身し始めます。

満月の中、魔人が牛頭、馬頭として復活したのです。

二匹とも鋼の棍棒を携え、裂けた口を開くや、恐ろしい火炎を吹きかけます。

恵比須はスイジニ女神様が言われた、いかに魔人が恐ろしいか、ということをまじまじと悟ります。

天狗や青坊主、野寺坊達さえも本堂から離れて、恐ろしげに見守ります。

牛頭と馬頭は、荒寺を邪魔だと言わんばかりに、鋼の棍棒で粉々に叩き潰し、さらに怒りの火炎を荒寺に吹きかけます。

寺が紅蓮の炎に包まれる中、牛頭、馬頭はいままで結界があった外へと、大股に歩み始めました。


とその時です、空に浮かんだ大雲から稲妻が走り、雷鳴が轟きました。

稲妻は多聞岳から万雪山の麓まで、あらゆる場所に刺すように降り注いでいます。

恵比須も大黒も、あっけにとられ、頭が真っ白になり、ただただ怖れ慄《おのの》くばかりです。

牛頭、馬頭や魔物達も身動きがとれず、時間が止まったかのようです。

しばらくすると、稲妻が万雪山の近く、緑の番屋のあたりに走ったようでした。

恵比須と大黒は弓にはじかれたように、自然に緑の番屋まで飛んでいきます。

番屋につくと防人達が目覚めて、みな空を眺めているのが見えます。

いや、それだけではありません、武器庫がキラキラ輝いているではありませんか。

恵比須と大黒が覗いてみると、武器庫の中にしまわれている弓矢、剣、鉾がキラキラ輝いているのです。

そして防人達をよく見ると、彼らが手にしている剣も、輝いています。

何が起きたのでしょうか、稲妻と雷鳴が止むのを待ち、恵比須と大黒は岩屋に飛び込みました。

兜を脱いで、二人は岩屋の竈神に「この稲妻と雷鳴は何なのでしょう」と同時に尋ねます。

岩屋の竈神は二人に向かい、

「タケミカズチノ神が、布都御魂《ふつのみたま》をすべての防人達に贈ったのです。ということは、今や防人達の武器は、魔人や天狗そして、魔物達を倒す力を持ったということです」

恵比須は、「魔人が復活して結界の外へ出ると同時に、タケミカズチノ神は動かれたのだね」と確認します。

岩屋の竈神は、「然り」と確認します。

さらに岩屋の竈神は、「魔人は夜が明けたら、万雪山の麓に出てくるだろう。私は万雪山の麓のすべての竈神に、夜明け前にはそれぞれの屋敷の人々を連れて、万雪山と万雪街道から、遠ざかるように煙を送るよ」と、竈に向かい煙の連絡をとります。

連絡が終わると、恵比須は岩屋の竈神に「防人達への連絡はどうしようか」と尋ねます。

岩屋の竈神は「心配ご無用、今や布都御魂を持った防人達は、以心伝心により、魔人との闘いの備えを始めたのだ」。

これを聞いた恵比須と大黒は、岩屋の竈神に一礼をすると「では、我々は緑の番屋の立ち寄った後、魔人や魔物達を見に行こう」と岩屋から飛び出し、兜を被り緑の番屋へ、飛んでいきます。

緑の番屋に到着すると、恵比須だけがバッタの兜を脱いで、顔見知りの防人を見つけ声をかけます。「この雷鳴と稲光で、何か起こったかね」と。

防人は「タケミカズチノ神様が、我らに魔人が復活したことをお知らせになり、魔人や魔物と戦う布都御魂を、すべての防人の武器に、お贈りになったのです」。

そして「万雪山の麓の、すべての番屋の防人は明日の朝、魔人の現れる所に集まろうと、作戦を練っているのです」。

恵比須は「頑張ってください、しかし魔人は只者《ただもの》ではなく、身の丈が四丈あまりもある、牛頭と馬頭の怪物だから、くれぐれも気を付けてくださいよ」と。

防人は「それを教えてくださる貴方は、ただの防人の先輩ではないのですね」と驚きます。

恵比須は「私は魔人達が麓のどこに現れるかを、時々知らせに来るから」と言い残してバッタの兜を被り、さっと姿をくらまします。
そしてバッタとカマキリ姿の恵比須と大黒は万雪山に戻ります。

魔人と魔物の進撃

二人には魔人がいる場所を、すぐに見つけることができました。

封魔寺から一山越えた山道を、牛頭と馬頭を先頭に、魔物達が行進していくのが見えてきます。

天狗や魔物達の数が、荒寺にいた時より、かなり増えているようです。

おそらく万雪山や麓に、潜んでいた魔物が、どんどん隊列に加わっているのでしょう。

そればかりか、牛頭や馬頭のすぐ後に従う天狗が、どこからか大きな旗を持ち出して、夜風に靡《なび》かせています。

牛頭と馬頭は、鋼の棍棒を振り回し、邪魔だと思うものをなぎ倒しています。時々、口から四方八方に火炎を吐いて、木や枝葉を燃やします。幸い万雪山は雪で薄く覆われているので、山火事にはならないようです。

天狗達は、牛頭や馬頭の邪魔にならないように、飛び回っています。

封魔寺の結界から出た魔人達が、山を二つ越えたあたりで、恵比須と大黒には、彼らが万雪街道の終着地点に向かって、進撃しているように感じられました。

恵比須は目で大黒と合図をとると、緑の番屋めがけて飛んでいき、顔見知りの防人を探します。

見つけるやいなや、バッタの兜をとって防人に近づき「魔人達は、万雪街道の終着点に、向かっているようだよ。あと山を三つ越えるところまで来ているよ」と知らせます。

防人は「了解、こちらもすべての番屋に伝令を送ります」と答えます。

恵比須は防人の話が終わり、一礼するや、またバッタの兜を被り万雪山へ戻ります。

魔人や天狗達が、行進している山中へ近づいたときに、恵比須は、何か音がしているのに気づきました。

さらに近づくと、恵比須にはそれは、鉦《かね》と鼓《つづみ》の音のように思われます。

魔物達は、大きな旗を靡かせるだけではなく、鉦と鼓をどこからか、持ち出してきたのでしょうか。

カマキリ姿の大黒に、バッタ姿の恵比須が合流します。

二人が見ていると、新しい魔物が次々と加わり、その連中が鉦や鼓を持ち寄ってくるのです。

二人は、牛頭や馬頭そして天狗達が、向かって行く先は、万雪山街道の終着点だと確信しました。

鉦や鼓の音は、うるさいほどに大きくなり、かなり遠くからも聞こえているほどです。

恵比須の連絡を受けた防人から、すべての番屋の防人達に、魔人出現の場所が伝わり、さらにこの鉦鼓の音を聞きつけて、防人達は万雪街道の終着点に、集まっていることでしょう。

魔人と魔物が、あと山一つ越えれば、万雪山を抜けるところまで来たときに、夜が明け始めました。

麓の里人は竈神の誘導により、既に麓や街道から離れていましたが、近づいて来る大きな鉦と鼓の音を、聞きつけました。

幾人かの里人が竈神とともに、麓にとどまっていましたが、鉦と鼓の音に飛び起き、あたふたと避難を始めます。

万雪街道までの最後の一山を、魔人と魔物が、大旗を靡かせ鉦鼓の大音量とともに、進撃していきます。

恵比須と大黒は、魔人の見守りはこれまでと、一足先に万雪街道の終着点に飛び越します。

万雪街道に現れる魔人

朝日が水平線から昇り始めます。

万雪山から大音響が響きわたり、麓のすべての番小屋の防人達が街道の終わる地点で、大弓や長鉾を構えて、魔人を待ち構えています。

そしてかなりの数の投石機が、準備されています。

すべての武器は、タケミカズチノ神の布都御魂により、キラキラと輝いています。

朝空を見上げれば、タケミカズチノ神の宿る雲は、朝日に映えて、防人達を鼓舞しているようです。

心配なのは、この朝になって、万雪山の麓より竈神に付き添われて、逃げようとしている里人です。

恵比須と大黒は兜を脱ぎ、中空からこの様子を見守っています。

やがて万雪山の山影から、牛頭と馬頭の頭が現れます。

二匹とも裂けた口から、火炎を吹き出し、鋼の棍棒を振り回しています。

防人達はその姿を見て、改めて肝を潰します、予想以上の魔人の大きさと火炎の強さなのです。

防人達は賢くも直観的に、ここで魔人を食い止めるのは、不可能だと感じ、何人かが多聞砦まで、すぐに伝令に走ります。

牛頭、馬頭のすぐ後に、大旗を抱えた大天狗が続きます。牛頭の側の旗には「大魔牛」、馬頭の側の旗には「大魔馬」と書かれています。

そのすぐ後には、鉦や鼓を打ち鳴らす、小天狗が続きます。

その他の多くの天狗達は弓を携え、歩きながら、空中を飛びながら、邪魔するものを射抜こうと、飛び回っています。

それに続く青坊主や野寺坊、他の魔物達も、剣や鉾を構えて行進してきます。

牛頭と馬頭は麓に現れるや、まず一番近くにある納屋を叩き壊し、火炎を吹きかけます。

天狗達は、待ち構えている防人を見るや、燃え出した納屋の火を矢につけて、火矢を放ち始めます。

牛頭と馬頭も火炎を放ち、鋼の棍棒を振り回しながら、防人達をめがけて進んで来ます。

防人達も戦闘開始とばかり、大弓から矢を一斉に放ち、投石機からは、牛頭、馬頭をめがけて大石が放たれます。

天狗の火矢と防人の矢は、その多くが空中で相打ちとなりますが、何本かはそれぞれ互いの的を、射抜いたようです。

投石機から飛ばされた大石が、牛頭、馬頭を直撃すると思いきや、鋼の棍棒により殆どが叩き落とされます。

それでも何個かの大石は牛頭、馬頭に当たり、二匹の歩みはかなり遅くなります。

しかし二匹はじりじりと、防人達に近づいてきます。

恵比須と大黒は、火矢で手傷を負った防人を、白砂神社へ運ぶため、葦舟や大袋を軽業のように操り、防人に手を差し伸べ、乗り込ませます。

いつの間にか、少名毘古那もガガイモの小船に乗り、駆けつけてきました。

三人は大わらわで、負傷した防人を助けて回ります。

天狗達は上空を飛び回り、防人めがけて矢を放ち、万雪山の麓から逃げていく里人や竈神を、遠くから狙い撃ち始めます。

勿論、竈神の持つ如意盾が、自動的に動き回り、里人や竈神を守ったのは言うまでもありません。

防人達も必死で応戦し、かなりの天狗達が討ち取られ、地上に落ちてきます。

討ち取られた天狗は、怪鳥の死骸となり万雪街道に、散乱しています。

防人達は必死に戦い、投石機で牛頭、馬頭の進撃を防いでいましたが、二匹が吐き出す火炎に押されて、徐々に退却していきます。

この様子を見守っていた、万雪山の岩屋の竈神が始祖山へ「援軍を頼む、岩屋の竈神より」と煙の連絡を送ります。


しばらくすると、どこからともなく強い風が吹き、天狗達を吹き飛ばし始めます。

牛頭、馬頭の周りでは竜巻が起こり、二匹は全く身動きが取れなくなります。

恵比須が、何が起こったのだろうと、空を見上げると、タケミカズチノ神の宿る雲の横に、大黒さんの大袋のような、雲が現れています。

大黒さんの持つ袋より、もっと長い袋の雲から、弓矢よりも速い風が天狗や牛頭、馬頭めがけて吹き出しています。

あの長い袋の雲は、シナツヒコ神が風を起こす時に使う、神雲なのです。

そうです、今、岩屋の竈神が頼んだ、始祖山からの援軍である風の神が、闘いに加わったのです。

天狗や牛頭、馬頭が足止めされている間に、恵比須、大黒、少名毘古那は負傷した防人の回収を完了し、白砂神社へ運びこみました。

逃げ遅れていた万雪山と、万雪街道沿いの里人は、竈神とともに避難しました。防人達は全員が、多聞砦の方面へ退却していきます。

残念ながら、多くの投石機はその場で、放棄されましたが。

これらを見守っていた岩屋の竈神は、「シナツヒコ神様の援軍、ありがとうございます。味方は皆、無事に万雪山の麓から離れました、岩屋の竈神より」と始祖山へ、煙の連絡を送ります。

しばらくすると、長い袋の神雲が消えて風が止んだようです。

魔人の再進撃

風が止むと、吹き飛ばされ、散り散りになっていた天狗達が、集まり始めます。

青坊主、野寺坊など他の魔物達も、何とか風を凌《しの》いでいたようで、続々と天狗達に合流します。

如何な魔物とはいえ、万雪街道沿いに散乱した仲間の死骸を、そのまま捨て置くことはせず、総出で拾い始めます。

その間、牛頭と馬頭はよほど、防人達の投石機に手を焼いたのか、怒髪天《どはってん》を衝《つ》くという形相で、残された投石機を、片端しから叩き壊しては、火炎を吹きかけます。

多くの投石機が音を立てて、燃えています。

一方、一か所に集められた、魔物の死骸にも火がつけられ、辺りは火炎地獄の様相を呈します。

小天狗達はこれを見ると、鉦と鼓を割れんばかりに叩き、その他の魔物達は、勝ち誇ったように大声を上げます。

この地獄のような騒ぎが、頂点に達すると、大天狗達は燃えさしを手に、街道沿いの家に火をつけて回ります。

万雪街道沿いの家々は、次々と焼かれ、黒煙が空を覆うほどになります。

この狂ったような火祭りが、半日ほど続きましたが、火もようやく収まり始めたようです。

いつの間にか、夕暮れがせまってきました。

西日が牛頭と馬頭を照らす中、二匹の魔人が万雪街道を、南に向かって進み始めます。

「大魔牛」「大魔馬」の大旗を担いだ天狗が続き、小天狗達が鉦鼓を鳴らし、その他の魔物が、鉾や剣を担いでいます。

万雪山の山道での行進の続きが、万雪街道で始まります。

しかし、山の中と街道では、その破壊の程度に、天と地の差があります。

牛頭と馬頭は、鋼の棍棒を振りかざし、街道沿いの家々を片端から叩き潰し、火炎を吹きかけて、燃やしてゆきます。

大天狗達は燃えさしを手に、街道から離れた家まで、火をつけて飛び回ります。

さらには田畑の作物や、はずに干してある稲にまで、火をつけ始めます。


この様子を見ていた岩屋の竈神は、始祖山や普賢山に、煙の伝言を送ります。

「牛頭と馬頭、その他の魔物が家々や作物に、火をつけながら、万雪街道を南に進撃中、岩屋の竈神より」

これを受け取った始祖山の竈神は、虫の祠に駆けつけます。

そして、祠の裏に回り込み、そこにある蟻塚に向かい、呪文を唱え始めます。

しばらく呪文が続くと、何やら大きな蟻のようなものが、塚の穴から浮き上がります。

始祖山の竈神は大蟻に「眠りを邪魔して、申し訳ない」と話しかけます。

大蟻は「やあ、竈神さんじゃないか、久しぶりだね、何か用かい」と聞いてきます。

竈神は「あれから五〇〇神年経ったのだが、また天狗達が暴れているのですよ」と答えます。

大蟻は「ということは魔人も復活した、ということだね、まあ心配することはない。ところで魔人と天狗は、今どこにいるのだい」と問いかけます。

竈神は「今、彼らは万雪街道を南に、進んでいるところだ、あと二、三日で多聞砦まで来るだろう」と。

大蟻は「おいらに任しときな、じゃあ行ってくるよ」と答えるや、羽のついた大蟻へと変わります。

そして、始祖山の蟻塚から飛び立ち、北の万雪街道を目指します。

恵比須、大黒、一休みの夜

負傷した防人を、白砂神社へ送り届けた後、恵比須、大黒、少名毘古那はどうしたでしょうか。

ウイジニ神、スイジニ女神様が、負傷した防人達を、本殿に迎えている間に、ほっとした三人は、客殿で一休みしようと思いました。

まもなく、スイジニ女神様も客殿に甘酒を持ってきます。

そして「みんなお疲れ様、甘酒を作ったから、十分飲んでいってね」と声をかけ甘酒の入った瓶と、湯飲み茶わんを、三人の手に渡してくれます。

三人は一杯飲むと、「美味しいな、美味しいな」とつぶやき、さらにもう一杯と飲み続けます。

しばらくして、少名毘古那は「ずいぶん疲れが、取れましたから、すぐに普賢山の麓に戻り、煙の番をします」と恵比須と大黒に挨拶をして、ガガイモの小船に乗り込みます。

恵比須と大黒は、神無月の初日からの疲れが、たまっているのか、「よろしく頼むよ」と答える声は、夢の中にいるかのようです。

さらに甘酒を飲み続けると、二人はいつの間にか、不覚にも横になって寝込んでしまったのです。

防人達のお世話を終えた、ウイジニ神、スイジニ女神様は本殿から客殿に入り、恵比須と大黒が、鼾《いびき》をたてて寝込んでいるのを見つけます。

スイジニ女神様は、「よっぽど疲れたのだね」と優しく布団を二人にかけてくださいます。

ウイジニ神様は、「まあ、ぐっすり眠ると良い、しばらくは蟻塚の大蟻が、大活躍をする番だよ」と呟きます。

こうして、恵比須と大黒が寝ている夜に、いくつかのことが起こりました。

まずは万雪山の麓から、退却した防人達は、どうしたでしょうか。

彼らは、万雪山と多聞砦の中間の位置にある萩の丘を、目指して進みます。

萩の丘は、万雪街道より少し東にある小高い丘で、防人の番小屋があり、小さな砦のような場所です。

多聞砦からも多くの防人が、仲間の救援のために、萩の丘を目指して駆けつけます。

多聞砦では防人達が、弩、投石機、大弓の備えを始め、連絡があればこれらの大きな武器を、萩の丘の砦まで運んでいこう、という勢いです。

魔人が復活してからは、砦の毘沙門天は両目が、キラキラするばかりか、腕や胸、背中の筋肉がピクピクと動いています

夜になると、毘沙門天の目から光線が、タケミカズチノ神の宿る雲に向かって放た

れます。

それに応えるように、タケミカズチノ神の宿る雲からも、毘沙門天めがけて、稲妻が放たれます。

何回か光の合図が続いた後、すべての防人達の剣に「魔人との決戦は多聞砦にて」という文字が現れます。

これは、タケミカズチノ神が、防人達に送った、布都御魂の以心伝心なのです。

それにより、万雪山から退却してきた防人を、多聞砦からの防人達が出迎え、しばらく萩の丘で休息をとっていましたが、全員で多聞砦に戻り始めました。

決戦は多聞砦、と決まった中で、始祖山の蟻塚を出た大蟻が一匹、万雪街道を乱暴の限りを尽くして進んで来る魔人と魔物に、闘いを挑みます。

大丈夫でしょうか。

心配ご無用、羽の生えた大蟻は、悠然と飛び続け、遠くに牛頭と馬頭、天狗達を見つけると、ニヤリと笑っているではありませんか。

さらに飛び続けた後、大蟻は突然、「分かれろ」と掛け声をかけます。

その瞬間に、大蟻は無数の白蟻に変身し、火を噴く牛頭、馬頭、火をつけて回る天狗、その他の魔物の群れに、音もなく侵入します。

何が起こるのでしょうか。

白蟻は、歩き回り飛び回る、天狗の大団扇を、食い荒らし始めたではありませんか。

徐々に天狗達の団扇は、ボロボロとなり、空中を飛び回る神通力を、失っていきます。

天狗達は、もはや火をつけて、飛び回ることができないのです。

そのため、牛頭、馬頭が放った火も、街道沿いの家々を焼くだけで、街道から離れた家や田畑の、作物の被害は次第に少なくなります。

天狗達は腹立たしそうに、悪態をつき、呪いの言葉を吐きますが、どうしようもありません。

これが、毒を以て毒を制すという、始祖山の大蟻の真骨頂です。

もう十分に天狗の団扇を食い荒らしたころ、白蟻の頭目が「集まれ」と声をかけると、元の大蟻に戻り、魔人達から離れていきます。

魔人の援軍来り、毘沙門天動く

大天狗、小天狗達はこの神通力の喪失に、地団駄踏んで悔しがります。しかし、敵もさるもの、引っ掻くものです。

多聞砦まであと一日となった地点で、天狗達は、少し万雪街道を外れ、次第に近づいてくる大平原街道のほうへ向かい、一斉に呪文を唱え始めます。

ちょうどそのころ、白砂神社の客殿では、恵比須と大黒が深い眠りから覚め、これはいけないとばかり、朝餉も取らずに葦舟と大袋に乗り、万雪街道を飛んでいきました。

牛頭、馬頭が火炎を吹いているのが、見え始めた地点で、手にもっていた兜をそれぞれ被り、バッタとカマキリとなります。

その時、こちらに飛んでくる一匹の大蟻に出会い、驚きながらもすれ違いました。

さらに恵比須と大黒が、魔人達に近づいていくと、大平原街道のほうから、黒い砂を噴き上げながら、砂嵐がこちらに、進んでくるではありませんか。

二人は驚いて空中に静止し、成り行きを見守ります。

くるくると風を巻き上げながら、進んできた黒い砂嵐は、天狗達から少し離れた場所で、止まったようです。

その時、風の止んだ砂嵐の中に現れたものに、恵比須と大黒は腰を抜かします。

それは多くの弩、投石機ばかりか、この豊稲穂之国では見たこともない攻城櫓《こうじょうやぐら》まであります。

さらに、それを運んでいるのは多くの牛と馬です。

いや、それは普通の牛と馬ではありません、大きさは普通の牛と馬なのですが、牛頭の上半身と、牛の下半身を持った怪物、馬頭の上半身と、馬の下半身を持った怪物です。

魔人はその昔、大平原からこの豊稲穂之国へ入り込んだ、といわれるように、この牛頭ウシと馬頭ウマも、どこか大平原の彼方から、異国の武具を持って来たのでしょう。

やがてこの新手の怪物達も、魔人の進撃に加わります。

多聞砦に向け、火炎を吹く牛頭と馬頭、大弓を担いだ天狗達、鉾や剣を担いだ青坊主や野寺坊などの魔物、最後に弩、投石機、攻城櫓を運ぶ牛頭ウシと馬頭ウマが続きます。

天狗は飛ぶことができなくなりましたが、多聞砦を攻めるのに必要な大道具が、十分に揃ったのです。

恵比須は大黒に目配せをすると、一人、多聞砦に向かって飛び帰ります。

大黒は承知したとばかり、魔人と魔物を監視します。

恵比須が多聞砦に、近づき眺めますと、防人達が砦のそこここで動き、魔人を迎え撃つ準備を、急いでいるようです。

弩や投石機が砦の上に並べられ、多くの矢や石が運ばれています。

また砦の石垣や柵は、万雪街道の近くまで、急ごしらえで拡張されています。

恵比須は、砦の中にある毘沙門堂の裏手に、葦舟を止め、そっと兜を脱いで、顔見知りの防人を探します。

弩の調節をしている防人に、「皆さん、魔人と魔物に、大平原から援軍が加わったのをご存知ですか」と尋ねます。

防人達は、タケミカズチノ神様より、「大平原から来た弩や投石器、攻城櫓に注意すべし」という知らせが届いたことを口々に話します。

恵比須は、始祖山の神々はすべてお見通しなのだ、と感心して、安心もします。

防人達が忙しく働く中、くどくどと説明することもなかろうと、恵比須は一礼をして無言で、毘沙門堂の裏手に回ります。

その時、「恵比須さん、私を葦舟に乗せて、砦の西のはずれに運んで下さい」という声がします。

頭の上から声がするので、恵比須が見上げると、毘沙門天が話しかけているのです。

恵比須が「どういうことですか、毘沙門天さん」と問いかけます。

毘沙門天は「魔人や魔物は今夜あたりに、この多聞櫓の見える場所に到着するだろう、私は砦から少し離れて、戦の準備をしないといけません。静かに移動するために、貴方にお願いしています」

毘沙門天が言い終わるや、左手に持っている宝塔が、カラカラという音をたてます。音が終わると、身の丈、二丈もある銅像の毘沙門天が、子供のような大きさの木像に変わり、恵比須の前に現れます。

恵比須は、「お安い御用で」と小さくなった毘沙門天を葦舟に乗せて、砦の西の外れまで飛んでいきます。

恵比須は、小さくなった毘沙門天の木像を、そっと地面に置きます。

すると毘沙門天は、「夜になったら防人達にお願いして、このあたりに弩と矢をいくつか、用意してください」と恵比須に頼みます。

その時、また宝塔がカラカラとなり、毘沙門天が動きだしたのです。

恵比須が驚いていると、毘沙門天は「私が動く時が来たと、アメノミナカヌシ神様と普賢菩薩様が、思し召しになったのですよ」と。

恵比須は、「では、先ほど宝塔から聞こえたカラカラという音は、その連絡なのですね」。

毘沙門天は、「ご明察、私がお役に立つ時が来たのです」と嬉しそうに話します。

恵比須は「ご武運を祈ります」と毘沙門天を頼もしく思います。

そして「では、私は砦に引き返し、防人達に弩と矢を運ぶように、頼んでおきます」と約束して砦に戻ります。

砦に戻った恵比須はもう一度、弩の調節を続ける防人達に、毘沙門天の頼みを伝えます。

防人達は、「承知しました」とあっさりと引き受けてくれます。

恵比須は、お礼を述べた後、バッタの兜を被り葦舟に乗り、大黒のいる場所を目指します。

もはや夕暮れが迫っています。

遠くに牛頭と馬頭の火炎を見つけ、空中から見守るカマキリ姿の大黒と合流します。

このまま魔人達が進めば、夜遅くには多聞砦からの、弩の射程距離に入ります。

多聞砦の決戦迫る

恵比須は大黒に、「今度は私が魔人達を見守るから、大黒さんは普賢山まで飛んで、少名毘古那さんと、二人で多聞砦の決戦に備えてください」とそっと話します。

大黒も納得とばかりに、一礼をして、普賢山を目指して飛び去ります。

恵比須は、毘沙門天の計略は如何に、と考えながら魔人と魔物を見守りますと、彼らは多聞砦に、粛々《しゅくしゅく》と近づいていきます。

夕暮れの中で大天狗達が、先頭の牛頭、馬頭から最後尾の魔物まで歩きまわっています。

すると、日の沈むころから、魔人と魔物の行進の様子が、驚くほど様変わりします。

もはや牛頭と馬頭は、鋼の棍棒を振り回わさず、火炎も吐きません、小天狗達が鉦や鼓を打ち鳴らさないため、音がまるで聞こえません。

「大魔牛」「大魔馬」の旗も下ろされて、その他の魔物達も、黙々と行進していきます。

牛頭ウシと、馬頭ウマ達が引いて運ぶ、弩や投石機、攻城櫓の車輪の軋《きし》み音が、薄暗い闇に、わずかに聞こえるばかりです。

恵比須は大天狗達が、何か謀略をめぐらせたに違いない、と思いました。

決戦の前に、毘沙門天と大天狗の知略、謀略合戦が、既にはじまったのです。


やがて夜が訪れ、星の光に照らされた、魔人や魔物の行進を、恵比須からは見ることができますが、遠くの多聞砦からは、ほとんど何も見えないはずです。

恐ろしい沈黙の集団が、多聞砦に近づいて行きますが、恵比須は防人達に連絡を取るべきか、魔人達の監視を続けるべきか、迷っています。

そして、さらに意外なことが起こります。

多くの魔物達が、多聞砦目指して万雪街道を進む中、小さな集団が、街道から少し東に外れたようです。

恵比須は早速、その小さな集団に近づいてみると、数人の大天狗が馬頭の周りに集まり、呪文を唱えています。

暫くすると、大平原のほうから、小さな砂嵐が近づき、馬頭の頭上でくるくる回り始めます。

すると馬頭の姿が消えたのです、いや消えたのではなく、おそらく砂嵐の中に身を隠したのでしょう。

大天狗達が呪文を止めると、砂嵐は空中に消えてゆきます。

その後で、呪文を唱えていた大天狗が、魔物一〇〇匹ほどを引き連れて、万雪街道を進む本隊から離れて、南東に進んでいきます。

恵比須には、牛頭を先頭とする本隊が多聞砦を急襲し、馬頭を砂嵐の中に隠した大天狗と、魔物一〇〇匹ほどの別動隊が、砦を迂回して、都へ攻め込む作戦のように思えます。

多聞砦では防人達が、魔人の夜襲は計算済みとばかり、弩や投石機をいつでも撃てるようにして、油断なく見張っています。

万雪街道の近くまで、臨時に拡張された砦や、安寧川の大橋の周りには防人達が多く配置され、必ず守り抜くといった様子です。

そして砦の西に移動した、毘沙門天の姿がみえませんが、どうしているのでしょう。

防人達が毘沙門天から頼まれた、弩と矢は確かに砦の西外れに置かれています。

毘沙門天は、いざという時まで敵や味方からも、身を隠しているのでしょう。

そして砦の中ほど、毘沙門堂の辺りに、何者かがいます。

誰でしょう、あれは始祖山の大蟻ではありませんか。

そうです、大蟻は天狗達の団扇を食い荒らした後、始祖山の蟻塚に帰ったのではなく、多聞砦に留まり、魔人達にもう一泡吹かせよう、という計略なのです。

大蟻は、毘沙門堂の上にとまり、用心深く遠くを眺めています。

空中から見守る恵比須には、多聞砦が目と鼻の先に迫ってきます。

牛頭と魔物の本隊は行進を止め、弩と投石機を砦に向けて並べ、矢と石を込め始めます。

攻城櫓は数台を先頭に置き、その他は後方に控えさせます。

別動隊の大天狗と魔物達は、砦を秘かに迂回して、安寧川の大橋に向かい進んでいるようです。

下弦の月が、多聞砦と多くの武器を、青白く照らしています。

タケミカズチノ神の宿る雲は、静かに夜空に浮かんでいます。

普賢山では、黄金に輝く普賢菩薩様が、銀色に輝く六牙の白象の上に、結跏趺坐されています。

この静けさの中で一大決戦が、間もなく始まろうとしています。

如何なる結末となるのでしょうか。

多聞砦の決戦　序盤

草木も眠る丑三つ時です。

まず、牛頭を先頭に、多聞砦の正面から少し西寄りに、魔物達が音もなく進み始めます。

牛頭ウシと馬頭ウマが、数台の攻城櫓を引いていきます。

牛頭が鋼の棍棒で、砦の柵を叩き壊し、攻城櫓から魔物達が砦になだれこもうという作戦でしょう。

後方に詰めている天狗や魔物は、砦の正面から東側に向けて、矢や石を打ち込もうとしています。

そうです、魔人達の夜襲が、始まったのです。

その時、砦の西にキラリ、キラリと光線が走ったという間もなく、牛頭とそれ後に続く牛頭ウシと、馬頭ウマに向かい、火矢が放たれます。

さらに、その後ろに控える弩や投石機を構える多くの魔物達に向けても、火矢が放たれます。

毘沙門天が、挨拶代わりに、火矢を撃ちかけ、砦の防人達に戦闘開始を告げたのです。

牛頭は火矢を棍棒で叩き落して、疾風怒涛の勢いで砦に突進して来ます。

その時、毘沙門天が、砦の西から韋駄天走りに、牛頭に向かってきます。

不思議や不思議、毘沙門天は走りながら大きくなり、牛頭とほぼ同じ高さになります。

牛頭が砦に、攻撃をするのが早いのか、毘沙門天が、その前に立ちはだかるのと、どちらが先なのでしょうか。

次の瞬間、牛頭の鋼の棍棒と、毘沙門天の宝棒が、鈍く重い音をたてて激突しました。

電光が闇の中に走り、牛頭と毘沙門天の姿が、闇に浮かび上がります。

毘沙門天が数歩早く、牛頭の砦への攻撃を防いだようです。

そのあと、牛頭と毘沙門天は、棍棒と宝棒で、十数合やりあいます。

凄まじい音が鳴り響き、恐ろしいばかりの光の炸裂です。

牛頭は恵比須の腕前を、互角と見たのか、少し引いた後、毘沙門天めがけて、火炎を吹きかけます。

毘沙門天は、この火炎には少し手を焼きますが、宝棒を牛頭めがけて打ち込み、一進一退、一上一下、互いに譲らず戦い続けます。

魔物達も防人達も、この両巨人の一騎打ちに、しばらく唖然としていましたが、双方ほぼ同時に、矢と石の射撃を、敵陣目がけて開始しました。

恵比須はこれを見届けると、多聞砦に飛び帰り、バッタの兜を脱いで大黒、少名毘古那に合流します。

恵比須が砦から眺めると、矢と石が文字どおり、雨霰《あめあられ》のごとく飛んできます。

防人達は手持ちの盾や砦の柵で、矢を防いでいます。

魔物の投石器からは、今のところ小さな石しか飛んできませんが、大石が打ち込まれたならば、かなり恐ろしいことになると思われます。

牛頭と毘沙門天が砦の西で、一騎打ちをしているため、双方とも矢や石の的は、砦の正面から東に、集中しているようです。

凄まじい矢合わせ、石合わせが続き、恵比須や大黒、少名毘古那は深手を負った防人の救護のため、砦の東の端から正面にかけて、飛び回っています。


卯の刻が近づくころ、砦の東では微かですが、車輪の軋む音がします。

攻城櫓を盾のように並べて、牛頭ウシ、馬頭ウマがその後ろから押し出してきます。

その盾の後には、弩や投石機を引いた魔物が続きます。

おそらく大天狗達は、攻撃を砦の東に集中させる作戦に、出たのでしょう。

投石機から大石が、砦に届く距離に近づくと、魔物達は大石を打ち込み始めます。

当然、砦からも矢や大石を、攻城櫓に集中させます。

大天狗のもくろみどおりに、砦の東の石垣や、柵が壊され始めます。

同様に、魔物達の攻城櫓もぼろぼろになり、盾の役目を果たせなくなり、魔物達の弩や投石機が、標的になり始めます。

それにも怯《ひる》まず、魔物達はじりじりと、砦に近づきます。

さらに大天狗は、東に臨時に拡張された砦の柵に、残りの戦力のすべてを投入してきます。

魔物の攻城櫓、弩、投石機が砦の東端に進んでゆきます。

この攻撃は砦の弱点を突きました。急ごしらえの柵は、大石の攻撃に耐えきれず、防御壁ではなくなったようです。

多聞砦の決戦　中盤

この時、東の空が白み始めました。

やがて朝焼けが砦を照らし始め、打ち壊された弩や投石器、攻城櫓、そして魔物の屍が、そこここに散らばる、砦前の戦場が見え始めます。

一方、多聞砦もあちらこちらを壊され、ボロボロになり、その中にいる多くの負傷した防人達の姿も、現れます。

大天狗達は、臨時に拡張された砦の東の端が、突破口と見抜き、攻城櫓が砦の柵にとりつくや、多くの魔物をここに殺到させます。

砦正面の防人達も、駆けつけてきて、砦に入りこもうとする魔物と白兵戦を展開します。

剣と剣、鉾と鉾が、あちらこちらで激突を始め、恵比須、大黒、少名毘古那もお手上げといった修羅場です。

砦の西前で行われている、牛頭と毘沙門天の、闘いの決着がつかない限り、砦の西側の防人達は、現在の持場に釘付け状態なので、東側の応援ができません。

そのために砦からは、安寧川の大橋辺りを、かためていた防人達に、砦の東側に援軍を頼む伝令が走ります。

安寧川の大橋を、かためていた防人達もこれに応じ、四〇〇名ぐらいを大橋の守備に残して、多聞砦に駆けつけてきます。

この時を、じっと待っていたのは、別動隊の大天狗と魔物達です。

万雪街道の東側に、身を潜めていたのでしょう、大天狗を先頭に五〇〇匹ほどの魔物が、不意に安寧川の大橋に現れました。

大橋の守備で残った防人達は、驚きましたが、魔物を相手に、獅子《しし》奮迅《ふんじん》の闘いをします。

しかし、如何《いかん》せん多勢に無勢です、じりじりと押されて大橋より引いていきます。大天狗とその他の魔物が、大橋を渡りきるやいなや、大天狗は大平原街道に向かい、呪文を唱え始めました。

しばらくすると、お馴染みの小さな砂嵐が、くるくると回り始め、砂嵐が止むと、中から馬頭が、安寧川の大橋のたもとに出現します。

大天狗の計略がまんまと当たったのです、防人達を多聞砦に釘付けにした隙をついて、馬頭を前面に立てて、都の北口を直接襲うという作戦です。

馬頭は裂けた口から、大火炎を吹き、燃やすものはすべて燃やし、鋼の棍棒で、壊すべき物はすべて壊して、進み始めます。

大天狗や魔物達も、剣や鉾を振りかざし、得意満面で行進していきます。

退却した防人や、都からの自警団の人々が、普賢山の麓で様子を見守っていましたが、遠くから見える馬頭の大火炎を見て、肝を潰します。

この様子を、空から見守っている者がいます。

恵比須か大黒でしょうか。

いや、恵比須も大黒も、少名毘古那とともに、重手を負った防人の救援で、多聞呰で大忙しのはずです。

そうです、空から見守っているのは、始祖山の大蟻です。

戦いの情勢を、呰の中央から眺めていた大蟻ですが、勝負どころだと判断して動き始めたのです。

なにか秘策があるのでしょうか、まず大暴れの馬頭に対して、何か手を打つのでしょうか。

大蟻は、安寧川のお地蔵様に目をやると、「よろしく」と頼みます。

不思議なことに、大蟻は馬頭には目もくれず、始祖山の南の白砂神社に飛んでいきます。

白砂神社に着くと、大急ぎで本殿の、スイジニ女神様を訪ねます。

負傷した防人達の面倒を見るのに、大忙しの女神さまですが、大蟻を見かけて「大蟻さん、久しぶりだね」と声をかけます。

大蟻も一礼して、「お久しぶりです、女神様。さっそくですが女神様の甘酒を、いただけないでしょうか」と何やら暢気《のんき》な話をします。

スイジニ女神様は、「神社の厨に、何樽か置いてあるから、もっておゆき」と優しく答えます。

大蟻は、「ありがとうございます」とお礼を述べて白砂神社の厨に向かいます。

甘酒の樽を見つけると、大蟻は、「分かれろ」と掛け声をかけます。

また白蟻にでも変わるつもりでしょうか。いやいや、そうではありません、八匹の蟻に変身します。

大きさは大蟻の半分ぐらいなので、中蟻というところでしょうか。

八匹の中蟻は甘酒の樽を担ぎ上げると、白砂神社を飛び立ち、北へ向かいます。

八匹の中蟻はまず、火炎を噴き上げ、乱暴の限りを尽くして、都へ進む馬頭と大天狗、百匹あまりの魔物に、遭遇しますが、何もしないで飛び続けます。

大丈夫なのでしょうか。

馬頭や魔物達の進撃の速度が、何故か、遅くなったような気がします。お地蔵様の笑顔は消えて、何かを念じています。お地蔵様は馬頭や魔物達の動作が、鈍く遅くなるような、念力をかけたのです。

大蟻は、お地蔵様にお願いして、時間を稼ぐ作戦にでたのです。ただ速度が鈍なったとはいえ、馬頭や魔物達が、このまま進めば普賢山の麓には、遅かれ早かれ到着するでしょう。

さらに中蟻達は、万雪街道から多聞砦の中央辺りから、東側で繰り広げられている、防人と魔物の白兵戦を、眺めるだけで過ぎていきます。

そうです、中蟻達は牛頭と毘沙門天が、闘い続けている砦の西まで、甘酒の樽を運ぶのが目的なのです。

多聞砦の決戦　終盤

この時砦の西前では、牛頭と毘沙門天が、疲労困憊の極みに達したという形相なのですが、最後の力を振り絞り、鋼の棍棒と宝棒を、交えています。

八匹の中蟻達は、前触れもなく、牛頭の頭上を遠巻きにしながら、大きく旋回し始めます。

数回、旋回すると、さすがに牛頭と毘沙門天も、何かが飛び回っていることを、気にし始めます。

その時、一匹の中蟻が樽の栓を抜き、牛頭の頭めがけて、甘酒を柄杓《ひしゃく》で垂らします。

同時に、毘沙門天の宝塔から、カラカラと音が鳴り始めます。

すると、牛頭と毘沙門天の打ち合いが、急に緩みます。

さらに中蟻が、甘酒を牛頭に垂らしますと、牛頭はいきなり鋼の棍棒を放して、甘酒の樽を手に取ろうとします。

毘沙門天は、宝塔からの音に、直立不動の姿となり、宝棒を収めます。

これを遠方から見ていた、大天狗が数人、円陣を作り、呪文を唱え始めました。

これを見ていた中蟻達が、ニヤリと笑いました。あたかも、「スイジニ女神様の優しい心で作られた甘酒を、止める呪文などは、ありません」と言っているようです。

中蟻達は甘酒の樽を、牛頭に渡します。

牛頭は樽を手に取ると、ゴクゴクと一気に、飲み干します。

なんということでしょう、牛頭は甘酒を飲み終えると、元の牛の人形に変わったのです。

一方、都に向かっている、馬頭はどうでしょうか。

馬頭を先頭に大天狗や魔物が、乱暴狼藉《ろうぜき》の限りを尽くして、都への街道を進んでいきます。

大天狗は余裕をもって、一〇〇匹あまりの魔物の別動隊と、進撃をしていきます。

牛頭が、多聞砦の西側で暴れているし、魔物達が、砦の中央から東側で防人達と、白兵戦をしているため、都を守る兵力が、手薄になっているのです。

やがて魔物達の右手に、普賢山が見えてきます。

ここを突き破れば、馬頭が大火炎を吹きながら、都に大乱入です。

大天狗の計略は、馬頭に大暴れをさせて、時間を稼ぎ、魔物の本隊も合流して、都を手に入れることでしょう。

しかし、普賢菩薩様が鎮座される、山の麓は神聖な場所であり、邪心や悪意を抱いた者が、通過することなど、できるのでしょうか。

はたして、馬頭と魔物達が普賢山の目と鼻の先に迫った時、金色に輝く普賢菩薩様が、空中に浮かび上がったのです。

そして銀色に輝く、六牙の白象が、空を覆うかと思うほど飛び上がり、馬頭を四本の太い脚で、しっかりと抱きかかえます。

馬頭は大火炎を吐き、象の脚を振り払おうとしますが、あっという間もなく元の馬の人形に変わります。

次の瞬間、六牙の白象は、元の場所に戻り、普賢菩薩様は何も起こらなかったように、象の上に結跏趺坐されます。

これは、都の北の入り口で見守っていた防人や、都の自警団の人々が瞬きを一、二回するうちに始まり、終わったのです。

牛頭と馬頭が元の人形に戻ると同時に、天狗を除いたすべての魔物が雲散霧消します。

牛頭ウシや馬頭ウマをはじめ、すべての魔物が消え去り、白兵戦が突然終了したので、砦の防人達は、安心するやら、緊張の糸が切れるやら、疲労のため、皆その場にへたり込んでいます。

恵比須、大黒、少名毘古那の三人も防人達同様、疲労が極まっていたためか、しゃがみ込んでしまいます。

その時、どこからともなく、数羽の八咫烏《やたがらす》が、多聞砦に飛んできます。八咫烏達は、砦の西前に置かれた、牛の人形を足でつかみ、万雪山の方角へ運び去りました。

同じく、普賢山の麓には、数羽の迦楼羅《かるら》が飛んできます。迦楼羅も、麓に置かれた馬の人形を、足でつかみ、万雪山の方角へ運び去りました。

これを見ていた天狗達も、万事休すと観念したのか、三々五々集まり、罵詈雑言の限りを尽くしながらも、大平原街道に向かい、呪文を唱え始めます。

暫くすると、大平原街道から、黒い砂を巻き上げた砂嵐が近づき、魔物の屍や弩、投石機、攻城櫓など多くの武器も巻き込んで、跡形もなく消え去りました。

大天狗達もこの黒い砂嵐の中か、万雪山か、どこともなく消え去ります。

戦いが終わったのです。

戦いが終わった後で

戦いの後に様々なことが起こります。

まず、牛の人形が八咫烏達に、運ばれていくのを見送った、八匹の中蟻は、毘沙門天と共に、砦から魔物がすべて消えてゆくのを見守っていました。

天狗達も消え去ると、毘沙門天の宝塔から、カラカラという音が聞こえ、毘沙門天が小さな木像となります。

八匹の中蟻は心得たとばかり、毘沙門天を担いで砦の中央まで飛んでいき、毘沙門堂に木像を運びます。

毘沙門堂に木像が置かれると、毘沙門天はおのずから、二丈ばかりの元の銅像に変わります。

八匹の中蟻は、毘沙門天に軽く一礼した後、砦のあちらこちらを飛んで回ります。

防人達や、恵比須、大黒、少名毘古那達がとても疲れているのを見て、八匹の中蟻は、白砂神社の厨まで飛んでは、スイジニ女神様の甘酒の樽を、多聞砦に運び込みます。

多聞砦のあちらこちらで、甘酒を飲む音がしばらく続いた後で、防人達は元気になり安堵の声が響いています。

恵比須、大黒、少名毘古那も、元気を取り戻すと、多聞砦や安寧川の大橋辺りまで、負傷した防人の救援に飛び回り、白砂神社まで運んでいます。

晴れあがった空に浮かぶ、タケミカズチノ神の宿る雲は、戦いが終わり、豊稲穂之国に、平穏が訪れたのを、寿《ことほ》いでいるように輝いています。

そして穏やかな閃光を、防人の武器や、弩、投石機に投げかけ、預けていた布都御魂を、自らの手に戻していきました。

やがてタケミカズチノ神の宿る雲が、始祖山の頂上に、小さくなりながら戻っていき、見えなくなりました。

タケミカズチノ神も安堵して、始祖山に戻ったのでしょう。


始祖山の竈神は、戦いの終わりを確認すると、「闘いが終わり、すべての魔物や天狗は消え去ったから、人々を連れて家に帰ってください、始祖山の竈神より」と煙の連絡を多聞砦より北の、すべての竈神と土地神に送ります。

やがて、万雪山の麓や万雪街道より避難していた人々が、竈神と共に家に帰り始めます。

自分の家が無事であった、竈神の如意盾は、人々が家に入ると、竈神の手や懐から自然に、普賢菩薩様の手元に飛び帰ります。

牛頭や馬頭の火炎に焼かれた家や、棍棒で叩き壊された家の竈神の、如意盾はどうでしょう。

如意盾は大きく伸びて広がり、簡単な家のような形を作ります、人々はこの家の中に入り安心します。

そうです、如意盾は新しい家ができるまで、人々や竈神の仮の屋敷となるのです。

皆、普賢菩薩様の慈悲に、深く感謝します。

恵比須、大黒、少名毘古那が負傷した防人を、多聞砦や安寧川の大橋辺りから、白砂神社に運び終わったころに、夕暮れが迫ります。

少名毘古那が、「この度は、私もいろいろなことを、経験させてもらいました」と恵比須と大黒に、感謝の言葉を述べます。

恵比須、大黒も「私達二人では、この度は、とても乗り切れなかったと思うよ、どうもありがとう」と少名毘古那の応援を讃えます。

少名毘古那は、「私はウイジニ神様、スイジニ女神様に、ご挨拶して、始祖山に戻りアメノミナカヌシ神様に、皆さまの活躍を、詳しくお話し申し上げます」と、本殿へ向かいました。

恵比須と大黒は、白砂神社の厨に泊まり、翌朝早く兜を、虫の祠に返そうと決めて、眠りにつきました。


戦いの終わった夜が明け、穏やかな晩秋の朝が、再び白砂神社に訪れます。

恵比須と大黒は目覚め、始祖山の竈神の屋敷に向かって歩きます。

見渡すと、秋が深まり、屋敷のブナやカエデの紅葉は、濃い紅となり、銀杏は黄色い落ち葉の絨毯で、二人を迎えてくれます。

恵比須と大黒は、屋敷をぐるりと回り、古い茅葺屋根の軒先に吊るしてある干し柿の下に、竈神がいるのを見つけます。

始祖山の竈神は、「貴方達も、来たね」と二人を迎えます。

恵比須と大黒は、「貴方達もとは、既に誰か来た者がおるのかね」と聞きます。

竈神は、「さっき、大蟻さんというか中蟻さんが来て、私に多聞砦での、毘沙門天と牛頭の決闘の様子を、竈に映した後、蟻塚に戻っていったよ」と答えます。

二人は驚き、「あの大蟻さんの蟻塚は、この辺にあるのかい」。

すると竈神は、「虫の祠の裏さ」と指さします。

これを聞いた二人は思わず、虫の祠まで走ってゆき、祠の裏に回り込みます。

なるほど、そこには確かに大きな蟻塚があります。

恵比須と大黒は、「この度の、貴方の尽力で魔物を退散させることができました。感謝、感謝です」とお礼を述べます。

すると蟻塚より、「なに、皆が安心して暮らせれば、それでいいのさ。感謝すべきは、スイジニ女神様の優しい心さ。次に始祖山の竈神さんの所へ来たら、面白いものを見せるよ」という声が聞こえます。

恵比須と大黒は、蟻塚に一礼した後、バッタとカマキリの兜を虫の祠に収め、また一礼します。

二人は竈神の屋敷に戻り、雑炊と干し柿を、ご馳走になりながら、煙の立ち上る竈の前に、座り込みます。

やがて、万雪山の岩屋の竈神を交えて、今回の牛頭、馬頭や天狗の呪文の話、果ては攻城櫓のことまで話しました。

辰の刻になり、恵比須と大黒は普賢山の麓の、恵比須神社と大黒寺に向かおうと、最後に万雪山の岩屋の竈神に、「この度の多くの手助けに感謝します、恵比須、大黒より」と煙の伝言を送ります。

すると岩屋の竈神より、

「こちらこそ、今、万雪山に初雪が降り始めました、岩屋の竈神より」

恵比須は葦舟に、大黒は大袋に乗り込みました。

後日談、始祖山にて

多聞砦の戦いが終わってから、一月余りが経ちます。

恵比須は白砂神社で、スイジニ女神様から、朝餉、夕餉をいただく生活が戻ります。

大黒は、スイジニ女神様のお昼の弁当を、楽しみに待ちます。

白砂神社で、お世話になっていた防人の多くが、傷癒えて、多聞砦や万雪山の番屋に戻りました。

歩けなくて、白砂神社に避難していた人々も、無事、元の屋敷に戻りました。

万雪山の麓や万雪街道沿いの、家を失った人々は、如意盾の仮の宿に慣れてきました。

ある日、都にも初雪が舞います。

恵比須は何故か無性に、始祖山の竈神を、訪ねたいと思いました。

朝、いつものように、恵比須神社に向かい、お弁当を大黒さんに届け、「今日はお昼過ぎに、白砂神社へ帰るけど、煙の番をお願いできるかな」と聞きます。

大黒は、「いいけど、何か用事があるのかい」と答えます。

恵比須は、「今日の雪を見ていると、始祖山の竈神さんと、竈の前に座って話がしたくなったのだ」と伝えます。

大黒は、「そう言われると、俺もそんな気がして来たな、でも今日は俺一人で煙の番をするから、大丈夫だよ」と言ってくれます。

恵比須は喜んでお礼を述べ、雪がちらほらと降る中を、葦舟に乗り、白砂神社に飛び帰ります。

本殿に入りスイジニ女神様に「今から、始祖山の竈神さんの所に行ってきます」と告げます。

スイジニ女神様は、「だったら、甘酒の小樽を竈神さんと、虫の祠に持って行っておくれ、暗くなる前にはお帰りよ」と厨から甘酒を二樽持ってきてくれます。

恵比須は小雪の舞う中を、樽を両手に、始祖山に歩き始めます。

まず虫の祠を訪ね、樽を祠に献納して、バッタとカマキリ、大蟻に感謝の気持ちを伝えます。

裏の蟻塚には、雪がはらはらと落ちて、降り積もってゆきます。

虫の祠の周りには藪椿が咲いて、赤い花が白い雪にとても美しく映えています。

恵比須は虫の祠の景色を愛でつつ、竈神の屋敷へ向かいます。

茅葺屋根を巻くように、竈から白い煙が立ち上り、そこに白い雪が舞っています。

白く冷たい景色なのに、赤々と薪が燃えている竈を思うと、心が温まります。

恵比須は屋敷の玄関から、奥にある土間に入ります。

古い竈の前に腰掛けて、薪をくべていた竈神は、「やあ恵比須さん、寒いだろう、まあ暖まりなよ」と声を掛けます。

恵比須は甘酒の小樽を、竈の前に置き、竈神の横に座ります。

竈神は、「スイジニ女神様からのお土産だね、飲もう、飲もう」と言って茶わんを二つ用意します。

二人は甘酒をひとしきり無言で、飲み続けます。

暫くして、恵比須が、「突然だが、なぜ魔人や魔物は、大平原からやってくるのだろう」と竈神に質問します。

竈神は、「今は大平原なのだが、大平原は三〇〇神年から五〇〇神年の間隔で、大氷原、大草原、大砂漠や、海になることさえあるのさ。その間に様々な動物、人間が出入りして、様々なことが起こり、それが魔人や魔物を作り上げるのさ」と話します。

すると、「えへん」という声のする方を見ますと、大蟻さんがいるではありませんか。

恵比須は、「そういえば、次にここへ来るときには、面白いものを見せてくれると言っていましたね」と興味津々です。

大蟻は竈の前に座ると、「五〇〇神年の昔、魔物達が大暴れをした時の様子さ」と言い、竈に動く絵を映します。

そこには、今度の牛頭や馬頭ばかりか、大きな龍が大暴れしています。そして普賢菩薩様が結跏趺坐している六牙の白象が、六匹の白象に分身して、魔物達と戦う様子が描かれています。

恵比須は、「なるほどね、竈神さんや大蟻さんは、大昔から様々なことを見てきたのだね」と感心します。

大蟻は、「私は、この始祖山ができたころから、ここにいるのだが、本当にいろいろなことがあったなあ」と感慨深げです。

そして、「私は、始祖山と白砂神社がある限り、何らかの、お役に立ちたいのだ。ではお暇するよ」と述べて、飛び去って行きます。

恵比須も竈神も、頭を深々と下げ、「今回の、貴方の大活躍に、感謝いたします」と見送ります。

竈神は、大蟻の話に触発されたのか、自分達兄弟の履歴を話します。

「もともと万雪山の岩屋の兄弟と私は、須弥山よりもっと西の国にいたのだよ、私は南贍部洲《なんせんぶしゅう》を経て海を渡り、この豊稲穂之国に来たのさ」と始めます。

恵比須は、「随分、遠くから来たのだね、それで万雪山の岩屋の竈神さんも一緒だったのかね」。

竈神は、「いや、岩屋の兄弟は須弥山の西から、北倶盧洲《ほっくるしゅう》に移っていたのだが、次第に寒くなり、私に困っているという、煙の連絡があったのさ」。

そこで竈神は、「今、私のいる豊稲穂之国は暖かいから、ここにおいでという煙の返事をし、そこで岩屋の兄弟は、大氷原を通ってここに来たというわけさ」と話してくれます。

恵比須は、「須弥山の北から大氷原を通り、豊稲穂之国まで来るのは、ずいぶん大変なことだったでしょうね」とただただ感心するばかりです。

竈神は、「恵比須さんも一回は万雪山の岩屋を訪ね、兄弟の話を聞くと面白いよ。岩屋の中に、弥勒菩薩様に似た木像を見ただろう、あれは西牛貨洲《さいごけしゅう》の神様さ」と勧めてくれます。

恵比須と竈神は相伴い、屋敷の外へ出て、万雪山の方を眺めます。
屋敷の外に降る雪を見ると、大平原が大氷原であった昔が、想像されます。
やがて日が傾き始め、二人は屋敷の中へ戻ります。

ちょうどその時、竈からスイジニ女神様の優しい声が聞こえてきます。
「恵比須、寒くなるから、もうそろそろ神社にお帰りよ」
竈神は、「スイジニ女神様、また甘酒を持ってきてね」とお願いします。
スイジニ女神様は、「はいよ、承知したよ」と答えてくれます。
竈神はとても幸福な、気持ちになります。
恵比須も、同じ幸福な気持ちで家路につきました。

完結　平成二十九年（西暦二〇一七年）十二月二十二日

松山円舟

著者プロフィール
松山 円舟（まつやま　えんしゅう）
1953年（昭和28年）、静岡県浜松市で生まれる。
早稲田大学文学部英文科卒業。
主に外資系会社に勤務、経理・IT 担当。
2017年（平成29年）、退職ののちセカンドライフ。

神無月の恵比須

2023年11月15日　初版第１刷発行

著　者　松山 円舟
発行者　瓜谷 綱延
発行所　株式会社文芸社
〒160-0022 東京都新宿区新宿1－10－1
電話 03-5369-3060（代表）
03-5369-2299（販売）

印刷所　株式会社晃陽社

ISBN978-4-286-24696-3

郵便はがき

料金受取人払郵便

新宿局承認

2524

差出有効期間
2025年3月
31日まで
(切手不要)

160-8791

141

東京都新宿区新宿1－10－1

(株)文芸社

愛読者カード係 行

お名前《ふりがな》		明治 大正 昭和 平成 年生 歳	
ご住所《ふりがな》	□□□-□□□□	性別 男・女	
お電話番号	(書籍ご注文の際に必要です)	ご職業	
E-mail			
ご購読雑誌(複数可)		ご購読新聞 新聞	

最近読んでおもしろかった本や今後、とりあげてほしいテーマをお教えください。

ご自分の研究成果や経験、お考え等を出版してみたいというお気持ちはありますか。

ある　ない　内容・テーマ(　　)

現在完成した作品をお持ちですか。

ある　ない　ジャンル・原稿量(　　)

書　名			
お買上 書　店	都道　　　　　市区 府県　　　　　郡	書店名	書店
		ご購入日	年　　月　　日

本書をどこでお知りになりましたか?
1.書店店頭　2.知人にすすめられて　3.インターネット(サイト名　　　　　　)
4.DMハガキ　5.広告、記事を見て(新聞、雑誌名　　　　　　)

上の質問に関連して、ご購入の決め手となったのは?
1.タイトル　2.著者　3.内容　4.カバーデザイン　5.帯
その他ご自由にお書きください。
(　　　　　　　　　　　　　　　　　　　　　　　　)

本書についてのご意見、ご感想をお聞かせください。
①内容について

②カバー、タイトル、帯について

弊社Webサイトからもご意見、ご感想をお寄せいただけます。

ご協力ありがとうございました。
※お寄せいただいたご意見、ご感想は新聞広告等で匿名にて使わせていただくことがあります。
※お客様の個人情報は、小社からの連絡のみに使用します。社外に提供することは一切ありません。

■書籍のご注文は、お近くの書店または、ブックサービス(0120-29-9625)、セブンネットショッピング(http://7net.omni7.jp/)にお申し込み下さい。